AF191175

Ingrid Metz-Neun
Im Rapsfeld

Roman

Ingrid Metz-Neun

IM
RAPSFELD

PROLOG

**„Am Anfang gehören alle Gedanken der Liebe.
Später gehört dann alle Liebe den Gedanken."**

(Albert Einstein)

Einstein hat absolut recht. Irgendwann geht es nicht mehr um die Liebe, sondern um die Gedanken. Gedanken, die man sich erst macht, wenn man älter wird und versucht, rückblickend sein Leben zu verstehen.

Deshalb bin ich froh, nach so vielen Umwegen endlich:
BEI MIR
zu sein.

Ingrid Metz-Neun, Jahrgang 1950, Schauspielerin, Sprecherin, Regisseurin, Autorin. Lebt nach vielen hektischen Großstadtjahren in einem kleinen hessischen Kurort und schreibt Geschichten.

Alle Rechte vorbehalten
© Ingrid Metz-Neun (2023)
www.ingrid-metz-neun.de

ISBN: 978-3-757816-82-7

Cover, Layout und Satz: Grafik Design 25, Fulda
Herstellung und Verlag: BoD - Books on Demand, Norderstedt
www.bod.de

IN DER KUR

Wie fast immer übertreibe ich. Nach der Wassergymnastik am Morgen gehe ich auch in der Mittagspause noch mal ins Wasser. Lasse mich von den kühlen Temperaturen nicht abhalten. Von 10 Minuten habe ich mich auf 30 Minuten leichtes Ausdauerschwimmen gesteigert. Ich bin richtig stolz auf mich. Dazu kommt: ich habe mittags das Schwimmbad für mich alleine. Das ist der größte Genuss. Kein Gelache und Gekicher wie morgens bei der Gymnastik. Warum müssen die Frauen immer in Gruppen kommen und immer so laut sein???

Nur eine ist nett. Sie bleibt auch immer am Rand – wie ich. Winkt mir zur Begrüßung lieb zu. Es hat sich leider noch nicht ergeben, dass wir ins Gespräch kommen. Vielleicht möchte sie das auch gar nicht.

„Was haben Sie?" fragt mich die Therapeutin. „Muskelkater", antworte ich wehleidig. Sie lacht. „Der geht vorbei."
„Aber alles andere geht nicht besser", sage ich trocken. „Immer noch Schwindel und Bluthochdruck und Schlafstörungen."
„Sie sind zu ungeduldig. Was viele Jahre entstanden ist, kann nicht nach kurzer Zeit behoben sein. Seien

Sie doch bitte etwas geduldiger mit sich."

Ich hasse inzwischen diese Mantras:
Ich will geduldiger werden.
Ich will lernen, mich zu lieben, wie ich bin.
Ich will mein Schicksal annehmen.
Ich kann nur mich selbst ändern, keinen anderen.

Die Liste ließe sich noch beliebig verlängern.

Bis auf die Masse der Patientinnen sind alle Therapeuten/innen lieb und gut. Ich hätte es wissen müssen: Ich war schon immer eine Einzelgängerin, bin lieber allein als in der Gruppe. Der Mensch ist ein Herdentier, sagt man, aber ich bin keins. Dadurch bin ich gefährdeter, logisch. Will es aber nicht anders. Bin dickköpfig. Zu meiner Entschuldigung: Schon meine Vorfahren waren alle dickköpfig. Ist verbürgt.
Aber ich habe es doch immer nur gut gemeint!

Gut gemeint, kann manchmal auch das Gegenteil bewirken. Das habe ich jetzt gelernt. Aber nun ist es zu spät. Man kann die Zeit nicht zurückdrehen.
Aber man kann sich zurück denken …

HOLGER

Die Sonne scheint auf den Kopf des zweiten männlichen Teilnehmers dieses privaten Französischkursus und ich denke: „Hat der tatsächlich Dauerwellen?"

„Ja", lacht Karin, die mit mir den Kursus besucht und der ich fast all meine Gedanken mitteile. „Ich habe ihn direkt gefragt, und er hat es bestätigt."
Ich fasse es nicht. Nicht nur dass sich für mich seine Aussprache entsetzlich anhört, er Schlaghosen und taillierte Hemden und dazu Schuhe mit Absätzen trägt, jetzt auch noch das. Und Karin findet ihn „süß".
Ich finde ihn, genau wie den anderen „ätzend", obwohl es das Wort damals noch gar nicht gab (glaub' ich jedenfalls).
„Hüte Dich vor kleinen Männern, die größer erscheinen wollen und Probleme mit zu wenig Haupthaar haben", ist mein gut gemeinter Rat an Karin. Aber sie hört natürlich nicht auf mich, sondern trifft sich mit ihm, außerhalb des Kursus.

„Ja, bitte". Ich melde mich grundsätzlich nicht mit Namen am Telefon. „Hier ist der Holger." „Woher hast Du denn meine Telefonnummer?" „Von Karin."
Darauf entsteht erst mal eine längere Pause. Ich denke, er merkt, dass mir sein Anruf nicht recht ist, bezie-

hungsweise ich böse bin, dass Karin meine Nummer einfach weiter gibt.

„Karin sagte mir, Du wärst noch nicht im Film „Einer flog übers Kuckucksnest" gewesen und sehr daran interessiert. Ich habe zwei Karten für die 20 Uhr Vorstellung. Magst Du mitkommen?" Karin hatte mir erzählt, dass sie mit ihm in „Bernhard und Bianca" war. Das fand sie sooo süß von ihm. Als ich darüber nachdachte, wurde mir ganz klebrig zumute. „Hallo? Bist Du noch dran?" „Ja, ja", sage ich gequält. „Ich komme. Bis später."

Ich wollte den Film wirklich gerne sehen, war aber zu dem Zeitpunkt mal wieder so knapp bei Kasse, dass ich mir alle Sonderausgaben verkniff und nur von Vollkornbrot und Hüttenkäse oder Kräuterquark lebte. Seit meiner Leberentzündung als Kind wusste ich, dass mir diese Ernährung gut tat und preiswert war sie obendrein.

Ich kam extra erst knapp vor 20 Uhr am Kino an, hatte ihn aber vorher schon eine Zeitlang aus der Entfernung beobachtet. Ungeduldig trat er von einem Bein auf das andere, zückte aus seinem Jackett Spiegel und Kamm und fuhr sich immer wieder nervös durch seine dank Dauerwelle aufgeplusterten, wenigen Haare.

„Ich dachte schon, Du hättest es Dir anders überlegt", war seine Begrüßung. „Nein, wenn ich etwas zusage, halte ich es auch", sagte ich etwas spitz.

Der Film war sehr aufwühlend. Zurecht hatte er fünf Oskars gewonnen. Ich hatte das Gefühl, Holger würde die ganze Zeit mehr mich als den Film ansehen, aber er blieb brav. Dafür war ich ihm sehr dankbar.
„Möchtest Du noch etwas trinken", fragte er im Hinausgehen.
„Nein, danke, ich möchte gleich nach Hause. Muss morgen früh raus. Danke für die Einladung." Ratzfatz war ich um die Ecke.

Aber da spürte ich plötzlich, wie hungrig ich war. Ich machte kehrt und lief ihm direkt in die Arme.
„Nanu, hast Du es Dir anders überlegt", fragte er mit einem netten Lächeln. „Vielleicht muss man ihn ja nur besser kennen lernen, um ihn tatsächlich ‚süß' zu finden", ging es mir durch den Kopf. Deshalb sagte ich: „Mir ist gerade eingefallen, dass morgen ja erst Mittwoch ist, und ich einen freien Tag habe. Ich muss erst am Donnerstag ins Institut."

Inzwischen hatte ich ihn schon zielstrebig in ein Restaurant gegenüber gedrängt, aber er blieb auf der diesseitigen Straßenseite und strebte eine Bar an.

„Scheiße" dachte ich bei mir, da gibt es nur Alkohol und Erdnüsse.

Bereits nach einem Cola-Cognac (mehr kannte ich überhaupt nicht, da ich eigentlich nie trank), hatte ich schon einen Schwips. Ein Zweiter beschleunigte das Ganze und leider wurde das Schälchen mit Erdnüssen auch nicht nachgefüllt.

„Hast Du Hunger", fragte Holger jetzt wie aus dem Nichts und fügte hinzu: „Ich hätte Lust auf Kentucky Fried Chicken. Komm, wir holen uns welche. Die können wir dann ganz bequem bei mir zu Hause essen. Ich wohne gleich um die Ecke. Hier ist es viel zu laut."

Noch nie hatte ich diese vor Fett triefenden Hähnchenschenkel gegessen. Aber vor lauter Hunger aß ich sie mit der gesamten Panade, obwohl ich zu diesem Zeitpunkt schon wusste, dass das meiner Leber gar nicht gut tun würde.
Als ich ins Bad ging, um mir die Hände zu waschen, bemerkte Holger meinen unsicheren Gang. Ich hatte gewaltig einen im Tee, und die fettigen Hühnerteile hatten nichts daran geändert.

„Willst Du nicht lieber hier schlafen, wenn Du eh morgen früh nicht raus musst?"
Ich hörte Holger wie durch einen Schleier und war

ihm ehrlich dankbar. Jetzt nochmal runter auf die Straße, dazu hatte ich wirklich keine Lust.

Beim Einschlafen dachte ich noch, dass ich orangefarbene Bettwäsche ganz hässlich finde, aber im nächsten Moment war ich schon weg.

Als ich aufwachte, brauchte ich einen Moment, bis ich wusste, wo ich war. Wir sprachen nicht, wir küssten uns nicht, ich wehrte mich nicht. Es war Sport, keine Liebe. Dann musste er schnell zur Arbeit. Ich schlief gleich wieder ein.

Als ich später bei mir zu Hause war, duschte ich lange. „Hoffentlich erzählt er nichts Karin", ging es mir durch den Kopf.
Aber meine Sorge war unbegründet. Er ging auch weiter mit Karin aus, und ich hütete mich, nochmal irgendeinen Wunsch zu äußern.

Wie konntest Du nur meine Telefonnummer weitergeben?" Karin merkte, dass ich sauer war. „Ich hab' mir nix dabei gedacht, und er ist doch so ..." „... süß", beendete ich ihren Satz.

Fing damals mein „Ja" sagen und „Nein" meinen an? Ich weiß es nicht.

Die Muster unseres späteren Verhaltens liegen in der Kindheit, sagen die Psychologen. Aber man kann sich doch als erwachsener Mensch weiterentwickeln, sich ändern, denke ich.

Aber was sich einmal fest in uns verankert hat, ist nur schwerlich wieder rückgängig zu machen. Es ist ja auch so viel bequemer. Man ist es gewohnt und man stellt ungern Gewohntes in Frage. Es muss schon sehr viel passieren, bis man ernsthaft anfängt, darüber nachzudenken.

Bei mir musste tatsächlich eine Menge geschehen, bis ich endlich begriff. Zur Dummheit gesellte sich noch besagte Dickköpfigkeit, die das Ganze noch verschlimmerte.

Bald darauf bekam ich mein erstes festes Engagement viele Kilometer weiter. Ich musste nicht mehr jobben, hatte ein Gehalt, von dem ich zwar keine großen Sprünge machen konnte, aber immerhin.

Der Kontakt zu Karin verlor sich, nachdem sie einen Lehrer kennen gelernt hatte und diesen auch bald heiratete.

Als ich Ostern meine Mutter besuchte, lief er mir am Bahnhof über den Weg. „Hey, Sabine", rief er sehr laut, so dass sich gleich mehrere Frauen umdrehten.

„Hallo, Holger, wie geht's?"

„Wo fährst Du hin?"

„Zurück nach Hannover. Und Du?"

„Das trifft sich gut. Ich muss auch nach Hannover, eine Weiterbildung."

Wie selbstverständlich setzte er sich ins selbe Abteil wie ich, obwohl er eine Platzkarte für die erste Klasse hatte.

Kaum saßen wir, fing er an zu erzählen. Von seinen beruflichen Erfolgen, seinem Sport und was ihn sonst noch umtrieb. Er fragte nicht, ob mich das interessieren würde, wunderte sich auch nicht, dass ich alles kommentarlos auf mich herab prasseln ließ, sondern war ganz in seinem Element, sich so gut wie möglich darzustellen.

„Er hat wirklich ein Minderwertigkeitsproblem", dachte ich bei mir, und ein wenig fing er an, mir leid zu tun.
Nachdem er fertig war, erzählte ich nur knapp von meinem Engagement.
„Spielst Du jeden Abend? Dann komme ich in jedem Fall Dich anzuschauen."
„Gehst Du denn gerne ins Theater?", fragte ich ihn.
„Bis jetzt nicht so sehr, aber das kann sich ja ändern."
Wieder hatte er das nette Lächeln aufgesetzt, wie an dem Abend nach dem Kinobesuch.

Eigentlich hätte ich Text lernen müssen, aber dazu kam ich auf dieser Fahrt nicht. Rückblickend denke ich, das war auch wieder so ein Fehler, den ich oft beging. Ich sagte nicht, was ich tun möchte, sondern ließ mich vom Anderen vereinnahmen, um mich hinterher zu ärgern, nicht das gemacht zu haben, was ich eigentlich wollte.

Dieses „Ja" sagen und „Nein" meinen zog sich durch viele Jahre meiner Berufstätigkeit. Auf vielen Ebenen.
Ich wollte es unbedingt allen recht machen.
Ich wollte geliebt werden.
Heute weiß ich, dass die nicht entgegengebrachte Liebe meines Vaters, einer der Schlüssel für mein nicht vorhandenes Selbstbewusstsein war.
Ich war mir meines Wertes nicht bewusst. Bei keiner Gagen- oder sonstigen Verhandlung, forderte ich

nicht, sondern sagte brav Ja, zu den mir angebotenen Konditionen.

Mit dem heutigen Wissen um „me too" kann ich rückblickend froh sein, nicht zu „mehr" genötigt worden zu sein.

Letztlich hatte ich also noch viel Glück gehabt, beziehungsweise immer wieder Menschen um mich, die es gut mit mir meinten.

Für zwei Dinge ist der Schauspielberuf wirklich genial: 1. Man schlüpft in die Rolle eines anderen und lernt sich dadurch automatisch besser kennen und 2. Genießt man in dem Moment des Verbeugens (nach der Vorstellung) mit dem Applaus die Anerkennung des Publikums.

Haben Sie schon jemals gehört, dass einem Arzt nach gelungener Blinddarmentfernung oder einer Sekretärin nach dem Abtippen eines schwierigen Protokolls, applaudiert wird?

Nein, das ist in dem Maße nur Künstlern vorbehalten.

Holger kam tatsächlich ins Theater und stand hinterher frierend am Hinterausgang. Mein Mitleid mit ihm wuchs.

Diesmal lud er mich tatsächlich in ein Restaurant meiner Wahl ein, aber wahrscheinlich nur, weil er sich in der Stadt noch nicht auskannte.

Mir fiel sofort auf, dass die Dauerwelle weitestgehend herausgewachsen war und auch die Wahl seiner Kleidung mehr seinem Alter entsprach.

Ganz stolz präsentierte er mir seinen gerade erst erworbenen froschgrünen Renault 4 Jahreswagen und wollte mich damit nach Hause bringen. Ich ahnte, was dann folgen würde, und das wollte ich absolut nicht. Ich wohnte damals in einer WG und in einen der Jungs, auch ein Schauspieler, war ich ein wenig verliebt.

Also erklärte ich nur umständlich, dass meine Mitbewohner große Ohren hätten und ich keine Lust, mir morgen früh irgendwelche dummen Scherze anzuhören. Das leuchtete ihm ein. Er bog kurzerhand von der Straße ab und hielt auf einem Waldweg.

Ich war sicherlich noch ein paar Pfund leichter als heute, aber sonderlich bequem kann es nicht gewesen sein.

Ich sagte wieder nicht entschieden „Nein", sondern war überhaupt froh, „begehrt" zu sein.

Wieder sprachen wir nicht, küssten uns nicht, und es gab auch kein Vor- oder Nachspiel. Die Angst, von einer vorbeikommenden Streife entdeckt zu werden, beschleunigte das Geschehen außerdem.

Erst viele Monate später erlebte ich dann eine sehr genüssliche Liebesnacht mit dem jungen Mann aus der WG. Es stellte sich heraus, dass er noch viel schüchterner war als ich. Deshalb hatte es so lange gedauert.

Leider bekam er kurz darauf ein Engagement in Berlin. Er war so traurig und wollte es nicht annehmen. Trotz meiner inzwischen großen Verliebtheit, konnte ich ihn letztendlich dazu überreden, die Chance für diesen Karriereschritt nicht sausen zu lassen.

Wir schrieben uns viele Briefe und hatten tränenreiche Telefonate, die damals noch richtig teuer waren. Alle paar Minuten wurde man aufgefordert, Geld in den Münzautomaten nach zu werfen.

Gibt es heute eigentlich noch Telefonzellen? Ich kenne sie nur noch als Bücherboxen.

Viele Dinge verschwinden aus unserem Leben, fast unbemerkt.

Der Spielleiter aus Hannover wechselte nach Frankfurt und bot mir an, mitzukommen. Für mich ein Karrieresprung, den ich nur zu gerne annahm.

Eines Abends stand Holger dann am Bühnenausgang.

„Du warst gut, Sabine".

„Danke". Mehr brachte ich vor Überraschung nicht heraus.

„Ich habe einen Tisch im „Haus Wertheym" reserviert. Kommst Du mit?"

Wie hat man das früher nur ertragen?

Beim Eintritt in die Wirtsstube war die Luft so rauchgeschwängert, dass man kaum etwas sah. Mindestens jeder Zweite hatte eine qualmende Zigarette in der Hand.

Die Stimmung war laut, aber fröhlich.

Einige klopften Holger im Vorbeigehen auf die Schulter. Er schien hier sehr bekannt zu sein, und er genoss es.

An diesem Abend erfuhr ich mehr über ihn. Der frühe Verlust seiner Mutter rührte mich. Er gab plötzlich seine Defizite in Punkto Zärtlichkeiten zu. Und seine Angst vor zu viel Nähe. Er wollte geliebt werden, war aber nicht bereit, sich wirklich zu öffnen.

Er tat mir leid, und ich glaubte tatsächlich: „Das kann man doch ändern."

Obwohl ich besonders hingebungsvoll in dieser Nacht war, kam von seiner Seite nur ein lapidares: „Du bist toll."

Was soll Frau damit anfangen? Aber da ich ja letzten Endes auch wieder meinen Spaß gehabt hatte, fühlte ich mich nicht ausgenutzt.

Ich hatte viel zu viel um die Ohren und war auch viel zu sehr mit meiner „Karriere" beschäftigt, als dass ich mir um Holger groß Gedanken machte.

Wir sahen uns ab und zu und seine beruflichen Angebereien nahm ich als selbstverständlich hin.

Zu dieser Zeit gab es keine Frauen in Führungspositionen. Ich las in der „Emma" viel über Emanzipation, aber auch am Theater spürte man davon wenig bis nichts. Der Spruch: Ein Mann hält einer klugen Frau lieber die Autotür auf, als ihr den Weg in die Führungsetage zu ebnen, war Gesetz.

Da ich in absehbarer Zeit keine Hausfrau und Mutter werden wollte, fand ich die oberflächliche Beziehung mit Holger okay. Zum Glück gab es ja die Antibabypille und zum Glück hatte ich immer noch Kontakt zu einer Kommilitonin, die mit einem Arzt verheiratet war. Sie hatte uns schon während des Studiums mit entsprechenden Rezepten ihres Mannes versorgt.

Ich dachte immer nur: „Was haben die armen Frauen früher gemacht, als es die Pille noch nicht gab?"

Für Kondome waren die meisten Männer, meines Wissens nach, überhaupt nicht zu begeistern.

Mein schlechtes Verhandlungsgeschick am Theater, bezüglich der Höhe meiner Gagen, brachte mich finanziell nicht weiter und machte mich mit der Zeit doch etwas unzufrieden. Deshalb kam mir ein Angebot eines Bekannten, Werbung zu sprechen, nur recht. Es war am Theater verpönt, aber jetzt reizte es mich, und ich hatte damit Erfolg.

Einmal nahm ich Holger zu einer Aufnahme mit, und

als er sah, dass ich für wenig Aufwand einen relativ hohen Scheck bekam (damals wurden Gagen direkt ausgezahlt), stieg ich in seinem Ansehen.

Irgendwann hatte ich mir einen festen Platz im Sprecherpool für Werbung als einzige Frau „ersprochen". Erst als Kollegen mich darauf aufmerksam machten, wie viele Kolleginnen auf mich neidisch wären, weil sie zwar das schnelle Geld in der Werbung verteufelten, es aber gerne selber eingesteckt hätten, war ich mir bewusst, dass ich eine gewisse Sonderstellung einnahm.
Ich gehörte weiterhin zum Theaterensemble, wurde aber von vielen gemieden.

Mir missfiel diese Doppelmoral gehörig, aber ich sagte nichts, spielte abends brav meine Rolle, bis zu dem Tag, als ich genug Geld zusammengespart hatte, um eine kleine Eigentumswohnung anzuzahlen und den Mut aufbrachte, mich als freie Sprecherin selbständig zu machen.

Es war mein Geburtstag. Ich lud Holger und ein paar Freunde in ein jugoslawisches Lokal ein, und wir verlebten einen sehr lustigen Abend.
Erst in der Nacht erzählte mir Holger, dass er Krebs hätte und schon ein OP-Termin feststehe.

„Warum hast Du mir das nicht früher gesagt", fragte ich vorwurfsvoll.

„Ich wollte Dir den schönen Abend nicht verderben."

Und nach einer Weile: „Lass uns heiraten, Sabine."

Ich war sprachlos. Nach einer Weile fuhr er ruhig fort: „Ich habe mir überlegt, dass das vernünftig wäre. Falls ich die Operation nicht überlebe, wäre es doch schade um meine gute Pension. Du musst auch mal weiterdenken. Du kannst auch jederzeit krank werden und was dann?? Ich habe beste Beziehungen zum Standesamt. Ich kriege das auf die Schnelle hin."

Keine 10 Tage später trafen wir uns morgens um 9, beide aus verschiedenen Richtungen kommend. Er mit zwei Mitarbeitern als Trauzeugen im Schlepptau, ich mit einem kleinen Blumengebinde in der Hand.

Es ging sehr schnell. Anschließend tranken wir alle zusammen noch einen Sekt und das war's.

Glücklicherweise verlief seine OP gut, und er brauchte auch im Nachhinein keine Chemo.

Wir wohnten weiterhin getrennt und keiner wusste von unserer Heirat. Ich hatte meinen Mädchennamen beibehalten. Für Geld war das schon damals möglich.

Nach zwei Jahren verkaufte ich mit Gewinn meine kleine Wohnung und erwarb eine größere. Damals belief sich die Frist für Spekulationssteuer auf nur zwei Jahre.

Mir ging es finanziell recht gut und erst als ich zufällig erfuhr, dass meine männlichen Kollegen wesentlich mehr Gage für die gleiche Arbeit als ich bekamen, wurde ich sauer.

Es gärte lange in mir, aber ich brachte nicht den Mut auf, mich bei meinen Auftraggebern zu beschweren und mehr Gage zu fordern. Ich sagte auch weiterhin lammfromm Ja, zu den mir angebotenen Konditionen.

Mit Holger konnte ich darüber nicht reden. Er war, wie ich später von Freunden erfuhr, neidisch, dass ich mit meinen finanziellen Investitionen wesentlich mehr Geschick bewies als er. Er setzte auf Aktien, aber immer auf die falschen.

Außerdem betrog er mich vom ersten Tag unserer Ehe an. Es dauerte lange, bis ich dahinterkam. Ich war, wie gesagt, viel zu sehr mit mir beschäftigt und auch nicht der Typ, der bei jedem freundlichen Blick oder Kompliment an eine andere Frau ein Verhältnis vermutete. In meiner Branche war es gang und gäbe und selten mehr dahinter.

Bei Holger war es anders. Er brauchte es einfach. Im Nachhinein glaube ich ihm sogar, dass es ihm nie viel bedeutet hat, aber es kränkte mich, wenn ich mir vorstellte, wie viele Frauen er damit vielleicht unglücklich machte, die sich mehr erhofft hatten. Und es kränkte mich, dass er überhaupt nicht verstehen wollte, dass ich anfing, darunter zu leiden.

Sein immer wieder wiederholtes Statement: „Das hat nichts mit Dir zu tun. Ich liebe nur Dich", ging mir irgendwann fürchterlich auf die Nerven.
Ich reichte die Scheidung ein. Einmal, zweimal, dreimal. Jedes Mal überredete er mich, meinen Entschluss rückgängig zu machen, flehte mich an, bei ihm zu bleiben. Aber wozu?
Vielleicht wäre alles anders gekommen, wenn wir Kinder gehabt und zusammengewohnt hätten. Aber das hatten wir nicht.

Ich begann die ein oder andere Liaison, war damit aber auch nicht glücklich.
Und dann passierte der schreckliche Unfall.
Holger stürzte beim Skilaufen in den Schweizer Alpen so unglücklich, dass er im Rollstuhl landete.

Seit Jahren fuhr er zum Saisonabschluss mit einer Gruppe nach Zermatt. Mich interessierte Skilaufen nicht so sehr, aber er schwärmte so lange von den autobahnbreiten gemütlichen Abfahrten, dass ich einwilligte und mitfuhr.

Abends wurde Karten gespielt. Es war sehr gesellig. Aber auch beim Skilaufen wollte er zeigen, dass er der Größte sei. Er fuhr nur die schwarze Piste 59, die es wirklich in sich hatte. Sein Stil war glamourös.

Mit weit ausgebreiteten Armen stürzte er sich im knallroten Skianzug den Hang hinunter, ohne die Stöcke einzusetzen. Es sah aus, als fliege er.
Vom Theodul Gletscher aus beobachteten wir das Schauspiel. Zigmal ging es gut. Aber dann passierte es. Er wirbelte durch die Luft und war nicht mehr gesehen. Man hätte glauben können, eine Lawine habe ihn verschluckt.

Die Ärzte im Walliser Spital in Brig kannten solche Fälle nur zu gut. Aber in diesem Fall hatte er Pech gehabt. Sie konnten ihm nur bedingt helfen. Ich konnte ihn nur im Rollstuhl aus der Klinik abholen.

Ein Martyrium für uns beide begann.
Keine Reha verlief so, wie er es sich wünschte. Er war zu ungeduldig.

Irgendwann sagte ich Ja zu einer gemeinsamen Wohnung. Täglich kam für ein paar Stunden eine Physiotherapeutin.
Das war die einzige Zeit, in der ich etwas für mich tun konnte. Aber ich wurde krank. Herzkrank.

Holger wurde immer unausstehlicher.
Ich konnte nicht mehr schlafen. Mich störte plötzlich alles an ihm, sein Geruch, seine Berührungen, seine Geräusche.

Er fing an zu schnarchen, und ich horchte. Ja, er hatte Atemaussetzer, und ich hoffte, es bliebe nicht nur bei den Aussetzern.

Ich ertappte mich dabei, dass ich nahe daran war, ihm mit seinem Kopfkissen die Luft endgültig abzuschnüren.

Ich hasste mich dafür. Ich kam mir vor wie ein Zombie. Das war kein Leben mehr.
Aber es sollte noch Jahre dauern, bis er endgültig friedlich einschlief ohne äußere Einwirkung.

Deshalb meine Kur in der psychosomatischen Klinik. Wieviel Leid sah ich da, bei wesentlich jüngeren Frauen als mir! Endlich war ich frei. Aber dieses neue Leben musste ich auch erst mal lernen.

Solange man in einer schrecklichen Situation lebt, sieht man nur das eigene Schicksal und ist neidisch auf alle anderen um einen herum.

Aber hier wurde mir vor Augen geführt, wieviel Leid es überall gibt, und ich konnte den Gedanken nicht mehr loswerden, in wie vielen Haushalten sich täglich Tragödien abspielen, ohne dass man es mitkriegt.

Reportagen im Fernsehen über Pflegenotstand und Ähnliches hört man zwar, aber solange man selbst nicht damit konfrontiert wird, setzt es sich nicht fest. Es verwischt sich mit all den anderen täglichen schlechten Nachrichten und wird zum Einheitsbrei eines geschundenen Volkes.

Was ich aus der Kur mitnahm, war die feste Überzeugung, dass ich endlich Haltung einnehmen und eine eigene Meinung vertreten wollte. Kein Ja sagen mehr, wenn ich Nein meinte, und kein klein beigeben mehr, nur weil es bequemer ist.

Man kann nur sich selbst ändern, nicht die anderen. Und man sollte auch nicht hoffen, dass sich allzu viel von alleine ändert.

Rückblickend kann ich sagen: die Kur hat doch einiges Positive bewirkt und viele Denkanstöße gegeben.

Zum Beispiel habe ich ein Genogramm erstellen lassen. Das ist eine Art Familienstammbaum. Aus dem können Belastungen der Familie deutlich werden oder auch wiederkehrende Muster. Es hilft, viele Erlebnisse des Lebens besser zu verstehen.
So auch meine Liebe zu:

ANTON

Anton ist Russe. Er begegnete mir vor vielen Jahren. Ein guter Freund hatte ihn mir vorgestellt, und er bemühte sich sehr um mich. Gab mir das Gefühl einer Wertschätzung, die ich bis dahin so noch nicht erlebt hatte.

Ich verliebte mich auf den ersten Blick in Anton, ließ mir aber nichts anmerken. Ich wollte zunächst mehr über ihn erfahren. Er war rein äußerlich genau der Typ Mann, den ich mir immer ersehnt hatte. Groß, breitschultrig, mit lieben Augen und einem wunderbar weichen Mund. Seine Stimme war warm und melodisch. Der Akzent unterstrich das noch.

Seine Exfrau war deutscher Abstammung aus einer sehr reichen Kölner Familie. Daher konnten sie 1990 ungehindert in die BRD auswandern und wurden dort von der Familie mit offenen Armen empfangen. Das heißt, die Wiedersehensfreude galt einzig und allein seiner Frau. Anton, der ihr zuliebe alles in Moskau zurückgelassen hatte, seine Heimat und Familie, sein persönliches und berufliches hohes Ansehen, sowie sein nicht unbeträchtliches Hab und Gut, fand weder Anerkennung, geschweige denn Zuneigung. Unter dem Einfluss der Familie schien ihn seine Frau plötzlich auch mit anderen Augen zu sehen, trennte sich nach kurzer Zeit von ihm und ließ ihn traumatisiert zurück.

In seinen Augen erschien ich ihm wie ein Engel. Er bewunderte alles an mir. Meinen Lebensstil als auch meine Art, den oftmals turbulenten Alltag zu bewältigen, beruflich und privat. Und daraus erwuchs sein Begehren. Ein Begehren, das mir zunächst Angst machte, aber das ich irgendwann geschehen ließ und in vollen Zügen genoss.

Er verlieh mir **das** Selbstbewusstsein, das ich mir längst verdient, aber nie einverleibt hatte.
Wir pflegten eine Fernbeziehung mit vielen sehnsüchtigen Tagen und Nächten. Als er in Rente ging, war ich schon lange Witwe. Er zog zu mir, aber da merkte ich, wie viele Eigenheiten ich mir inzwischen angeeignet hatte, die es keinem Partner leicht machte. Ein paar Tage auf den Wogen des Glücks im Urlaub oder sonst wo zu verbringen ist leicht, aber gemeinsamer Alltag, den man nie geübt hat, kann verdammt schwer sein.

Ich liebte inzwischen meine so hart errungene Selbständigkeit und meine freie Tageseinteilung. Oder wie es Eduard von Keyserling einmal so treffend formuliert hat: „Man hat sich nun mal an sich selbst gewöhnt!"

Unsere Rhythmen waren einfach völlig verschieden. Das konnte nicht gut gehen. Und auch seine Bereitschaft, sich mir zuliebe einzufügen und sich dabei selbst aufzugeben, war für mich keine Option. Beide haben wir sehr unter dieser Situation gelitten.

Und so leben wir zwar wieder räumlich getrennt, aber lieben uns umso mehr.

Nach dem Genogramm war mir klar, dass wir nie eine echte Chance gehabt hatten.

Einzelkinder haben es immer schwer, erst recht, wenn sie häufig krank sind und die Eltern ihnen nicht die Liebe zuteilwerden ließen, die sie so dringend benötigt hätten.

Schon seine Großeltern waren geschieden, sowie seine Eltern und er selbst. Für ihn gab es genauso wenig das Vorbild für eine glückliche Familie wie auch für mich.

Heute akzeptieren wir unsere Verschiedenheiten, können über alles diskutieren. Anton ist sehr klug. Erklärt mir die „russische Seele" aus der Geschichte heraus und die Angst Russlands, zwischen China und dem Westen „zerrieben" zu werden.

Gut, dass wir schon so alt sind. Sonst könnte uns die Weltpolitik noch größere Ängste bereiten.

Es wird niemals den globalen Frieden geben, so sehr wir uns das wünschen. Irgendwo wird es immer wieder jemanden geben, der eine Lunte anzündet. Das ist so traurig.

Jeder Einzelne von uns kommt mit einem Rucksack auf die Welt. Einem Rucksack voller hinterlassener Probleme von Eltern und Großeltern, die wir weiter in uns tragen und die es uns schwer machen, sie ganz abzuschütteln.

Anton fällt manchmal in eine tiefe Melancholie, die ich gut verstehen kann. Er ist entwurzelt. Er liebt sein Heimatland (wie es früher einmal war), fühlt sich aber nach so vielen Jahren in Deutschland, weder als Russe noch als Deutscher. Ihn schmerzen die – gerade momentan – zum Teil allgemeinen Vorurteile gegen Russen.
Er ist hier und da ein Fremder. Ich stelle mir das schwierig vor. Umso mehr bewundere ich seine Feinfühligkeit in allem Tun mir gegenüber.

Einstein hat absolut recht. Irgendwann geht es nicht mehr um die Liebe, sondern um die Gedanken. Gedanken, die man sich erst macht, wenn man älter wird und versucht, rückblickend sein Leben zu verstehen.

Deshalb bin ich froh, nach so vielen Umwegen endlich:

BEI MIR

zu sein.

Wie viele Schmerzen hat es mir bereitet, mit mir – meinen Stärken und Schwächen, Ängsten und Träumen – umzugehen, mich anzunehmen wie ich bin, und mit mir alleine gut auszukommen.

Viele, vor allem Frauen, lernen das nie, weil sie aus einem behüteten Elternhaus in eine „behütete" Ehe wechseln.

Schließlich baute die Institution der Ehe ja sehr lange auf das „Bis dass der Tod euch scheidet." Und heute? Da steht die Ehe so lange, bis die Liebe stirbt. Als die Leute früher sagten „Für immer", sind sie in ihren Vierzigern oder Fünfzigern gestorben. Heute sterben sie in den Neunzigern. Das ist nicht das gleiche „Für immer".

Auch gab es lange gar nicht die Option, sich scheiden zu lassen. Als dann aber Frauen ihre ökonomische Unabhängigkeit erreichten, nicht mehr das „Eigentum" ihres Mann sein wollten und als es Scheidungsgesetze gab, die Frauen schützten, da wurden die meisten Scheidungen von Frauen initiiert.

Aber über all das hatte ich mir keine Gedanken gemacht, als ich aus einem verhassten Elternhaus in die Selbständigkeit eines ungewissen Berufes mit vielen Tücken floh. Das machte mich zwar in gewisser Hinsicht stärker, aber grundsätzlich unglücklich, denn mir fehlte das Urvertrauen, das man nur in einer bedingungslosen Elternliebe erfahren kann.

Aber zurück ins Heute.

Bei mir stand ein runder Geburtstag an und dazu wünschte ich mir ein Lachyoga-Seminar.
Zehn Teilnehmer hatten sich angemeldet, acht Frauen und zwei Männer. Das bestätigte mir mal wieder meine These, dass Frauen im Alter mutiger sind Neues auszuprobieren als Männer. Diese sind häufig bequemer.

Wir hatten eine Unmenge Spaß. Zunächst waren wir noch alle etwas verklemmt, aber das legte sich bald, mit der richtigen Anleitung zum Lachen.

Wir lernten, dass wir durch die intensive Atmung und das ungekünstelte, grundlose Lachen, nicht nur unser Immunsystem stärkten, sondern auch noch jede Menge Kalorien verbrauchten, unsere Konzentrationsfähigkeit und Vitalität verbesserten. Es hat also eine heilsame Wirkung, beugt Bluthochdruck und Depressionen vor.

So kann man auch im Alter, wenn jeder schon ein paar Wehwehchen hat, ohne großen Aufwand, resilienter und gesünder werden.

Man lernt eben im Leben nie aus und sollte man auch nicht. Und manchmal wird man unerwartet lieb überrascht:

FÜLLE UND FÜHLEN

Nie war mir in den Sinn gekommen, dass das Wort Fülle etwas mit fühlen zu tun hätte.
Heute hatte ich dazu ein wunderbares Erlebnis.

Ich haderte mal wieder mit meiner Fülle, die ich von Geburt an mit mir herumschleppe. Ich meine tatsächliche Fülle. Nicht die paar Gramm Übergewicht, die viele Schlanke als Fülle empfinden und die sie ratzfatz durch etwas weniger essen oder Sport ganz leicht wieder verlieren.

Nein, ich meine die dauerhafte Fülle, die Menschen mit schlechtem Stoffwechsel ewig mit sich herumtragen, die durch Diäten nur schlimmer wird und bei der nichts, aber auch gar nichts hilft.

Ich hatte mit der 16:8-Regel seit etwa einem Jahr einen kleinen Erfolg. Diese Regel besagt: 8 Stunden normal essen, aber dann 16 Stunden nichts.
Ich verschob die Hauptmahlzeit auf 18 Uhr abends und frühstückte dann erst um 10 Uhr. Am Mittag aß ich meist einen Salat. Das passte gut in meinen Alltag und fiel mir nicht schwer. Damit verlor ich tatsächlich ein paar Kilo.

Aber jetzt stand die Waage schon wieder seit Monaten auf demselben ungeliebten Zeiger. Es tat sich nichts mehr.

Darüber beklagte ich mich heute bei Anton. Und was sagt der:
„Liebes, Fülle hat etwas mit fühlen zu tun, und ich kann Dir versichern, Du hast für mich so viel äußere und innere Fülle, dass ich mich darin völlig geborgen fühle.

Stell Dir das so vor als wäre ich eine Honigbiene, die sich von den zur Zeit blühenden Rapsfeldern magisch angezogen fühlt. Sie kann von deren Nektar gar nicht genug bekommen. Und so geht es mir mit Deiner Fülle."

Das schönste Kompliment, das ich je bekommen habe. Ich wünsche es jeder Frau, die meint, ein paar Kilos zu viel zu haben.

Diese Liebesbeziehung hüllt mich ein, wie ein wunderschöner Seidenmantel, handkoloriert mit französischen Dupont-Seidenmalfarben. Am liebsten in Limogesblau.

Und trotzdem wissen wir beide, dass …

FREIHEIT

unsere absolute Lebensmaxime darstellt.

Libertà, gesungen von Al Bano und Romina Power, ist unser Lieblingslied.
Obwohl wir beide kein italienisch verstehen, meinen wir, den Inhalt richtig zu interpretieren.
Alles, was wir bisher im Leben erlebt und durchlitten haben, kann nur durch Libertà (Freiheit) zum Glücklichsein führen.

Wir sind zu alt, um uns noch einmal zu verbiegen, wie man es in jungen Jahren gerne tut. Wir sind zu verschieden, um plötzlich in allem übereinzustimmen. Das ist auch nicht nötig, denn im Alter weiß man, was man wirklich braucht.

Wir haben unsere Leben entrümpelt. Minimalismus ist das neue Zauberwort. Wir müssen nichts und niemandem mehr etwas beweisen. Wir genießen, was wir haben, nicht, was man haben könnte, um in erster Linie andere damit zu beeindrucken.
Es ist nur eine Frage des Blickwinkels.

Zunächst hatte ich ja die Mantras der Therapeutin in der Klinik gehasst, aber inzwischen weiß ich, dass sie recht hatte. Es ist viel gesünder für mich, mir abends auf die Schulter zu klopfen und mich zu freuen, was ich am Tage alles geschafft habe.

Verglichen mit früher ist es wirklich wenig, aber warum soll ich mich darüber ärgern, was ich nicht geschafft habe. Ist doch total ungesund. Ich habe schon so viel in meinem Leben geschafft, da kann ich doch verdammt noch mal endlich ein wenig kürzertreten.

Entrümpeln hat mich sehr befreit. Ich schleppe nichts mehr mit mir herum, was ich sowieso nicht benutze, weder Kleidung noch Wäsche, Geschirr und, und, und.

Ich behalte, woran ich wirklich hänge, was mir wichtig ist, woran ich eine Geschichte knüpfe, Erlebnisse. Alles andere kann weg.

Mit der neuen Überzeugung, nur Ja zu sagen, wenn ich auch Ja meine, war es nicht einfach. Ein paar Menschen sind dabei auf der Strecke geblieben. Dafür bekommen die Restlichen meine geballte Aufmerksamkeit.

Libertà ist ein großes Felicità (Glück). Auch ein Lied von Al Bano und Romina Power, fällt mir dabei ein.

Ich glaube, ich muss noch unbedingt italienisch lernen. Gesungen klingen diese Worte viel schöner als im Deutschen.

Aber in einem gebe ich der Therapeutin immer noch nicht recht. Sie meinte, ich würde zu sehr in der Vergangenheit leben, und das sei nicht gut für mich.

Aber man kann doch immer nur aus der Zeit schöpfen, die man am intensivsten erlebt hat. Und das sind bei mir nun mal die 60er und 70er Jahre. Kein Wunder, dass ich immer wieder Dinge damit verknüpfe, sei es nun Kunst oder Musik, Menschen oder Gefühle.

Deshalb lebe ich ja nicht in dieser Zeit, ich verstehe sie nur rückblickend besser und schwelge auch gerne mal in Erinnerungen. Natürlich macht es auch traurig, weil ich Vieles nicht mehr so kann wie damals, weil ich mir bei Vielem einen anderen Verlauf gewünscht hätte, aber das Leben ist ja bekanntlich kein Ponyhof.

Man könnte sagen, es ist eine frisch gemähte Weide, und man muss abwarten, welch Getier sich auf ihr tummelt, welches bleibt und welches weiterzieht, welches Spuren hinterlässt und welches nur vom frischen Grün partizipieren will, ohne etwas zu geben.

Oder es ist ein Garten, der sich mit den Jahreszeiten verändert. Aber grundsätzlich wächst und blüht darin nur, worum ich mich auch kümmere. Und wenn ich gelernt habe, dass auch jedes Unkraut ein Kraut ist, das für irgendetwas gut ist, dann muss ich die Unkrautbekämpfung nicht übertreiben. Ich muss lernen zu tolerieren, und da sind wir wieder beim ach so schweren „gelassener werden, atmen und bei sich sein".

Ommmmmm!

KLASSENTREFFEN

Ich bin aufgeregt wie ein kleines Mädchen. „Was ziehe ich an? Soll ich mich etwas schminken? Werde ich sie wieder erkennen", sind die Fragen, die ich mir stelle.

„Diesmal kannst Du Dich nicht drücken", sagt Rainer zu mir am Telefon, unser damaliger Klassensprecher. Er hat das Treffen organisiert.

Zu meiner Vorfreude gesellt sich auch eine gehörige Portion Misstrauen. „Wie werden sie dich aufnehmen, nach all den Jahren der Abwesenheit?"

Meine Ängste sind unbegründet. Dieter und Achim umarmen mich zur Begrüßung so herzlich, dass mir die Luft wegbleibt. „Endlich, Du treulose Tomate", sagen sie wie aus einem Mund.

Und tatsächlich, die meisten konnte ich auf Anhieb wieder erkennen. Ein wuseliges Stimmengewirr erfüllt den Raum. Nur nachdem das Essen serviert wird, ist es einen Moment ruhiger.

Und danach bilden sich Grüppchen, ganz wie damals in der Schule. Der Abend ist viel zu kurz, um alles, was man erzählen möchte, auszutauschen.

Alte Fotos machen die Runde. Und da ist sie wieder, die Erinnerung. Dick breitet sie sich auf dem Heimweg neben mir aus...

PAUL

Ich muss zugeben, ich war im letzten Schuljahr keine Jungfrau mehr. Kurz zuvor hatte ich die „Prozedur", wie ich es nannte, über mich ergehen lassen. Mit irgendeinem Oberschüler, der mich mochte. Ich mochte ihn dagegen überhaupt nicht.
Aber es musste sein, um endlich mitreden zu können, denn alle, alle hatten sie es getan und sprachen unentwegt darüber, wer nun mit wem „ging".
Als ich daran dachte, musste ich so herzhaft lachen. Kein Wunder, dass uns die Erwachsenen damals nur albern fanden.

Etwa zur selben Zeit bekam ich meinen ersten tollen Nebenjob, nach Zeitung austragen und Babysitting. Aufgrund meiner schönen langen blonden Locken und dem Engelsgesicht, sprach mich ein Fotograf irgendeiner kleinen Landeszeitung in einem Eiscafé an.

Es waren ganz unschuldige Fotos, bei denen ihm seine nette Frau immer assistierte: Werbung für einen Schnellkochtopf zum Beispiel oder der Hinweis auf ein bevorstehendes Fest.

Und dann war da dieser unvergessliche Nachmittag: Eine Schiffstaufe an Land.

Ein Industrieller hatte sich eine Yacht bauen lassen, und die sollte samt Presse in seinem Vorgarten auf den Namen seiner Frau getauft und am nächsten Tag auf einem Hänger an die Riviera überführt werden.

Werner, der Fotograf meinte, komm doch bitte mit, dann habe ich für die Schiffsfotos noch einen schönen Hintergrund.

Zurückhaltend, wie ich damals noch war, sagte ich: „Ach, ich weiß nicht. Ich kenne da doch niemanden und passe nicht in die Gesellschaft".

„Stell' Dich nicht so an. Es dauert doch gar nicht lange. Und wenn es Dir dann nicht gefällt, verkrümelst Du Dich einfach."

Ich hatte mein schönstes Kleid und meine neuen hochhackigen Schuhe angezogen und war überwältigt.

Ich stand im Wohnraum des Schiffes und hatte so etwas Schönes noch nie gesehen.

Die Wände und Tische glänzten in einem tiefen Dunkelrot. Überall gab es praktische Schubladen und Abstellmöglichkeiten.

Ich strich liebevoll über die Möbel und machte es mir in den tiefen gemütlichen Polstern bequem.

Ganz leise hörte ich das Klack, Klack des Auslösers von Werner's Kamera. Dann riss mich eine sonore Stimme nicht unfreundlich aber bestimmt aus meinen Träumen: „Bitte ziehen Sie Ihre Schuhe aus. Auf einer Yacht trägt man keine Stöckelschuhe".

Ich zuckte zusammen, hatte sofort meine Schuhe in der Hand und stammelte ein: „Entschuldigung, das wusste ich nicht."

Die Stimme lachte: „Schon gut. Ich möchte nur nicht, dass mein Auftraggeber später bemängelt, ich hätte ihm sein teures Mahagoniholz zerkratzt ausgeliefert."

„Haben Sie es gebaut?" hauchte ich.
„Ja, junges Fräulein, soll ich Ihnen noch ein wenig die Besonderheiten erklären? Es scheint für Sie das erste Mal zu sein, dass Sie eine Yacht aus der Nähe zu sehen bekommen."

Und dann folgte eine bestimmt einstündige Erklärung des gesamten Schiffes. Die anderen Gäste inklusive Werner machten sich längst über das im Garten aufgestellte Buffet her.

Ich war mit Paul – so hieß der Architekt – völlig ungestört. Er war mindestens doppelt so alt wie ich, aber es machte ihm sichtlich Spaß, mir alles genau zu erklären.

Und das blieb so über eine wunderschöne Zeit.
Er wurde mein erster Liebhaber, und ich kann gar

nicht alles aufzählen, was ich von ihm gelernt habe.

Er führte mich in eine so andere Welt ein, die ich mir
nie hatte träumen lassen.
Mein Elternhaus kam mir so armselig vor. Das meine
ich nicht finanziell, sondern intellektuell.

Ich liebte seine unzähligen Bücher, die er alle nach
Themen und/oder Autoren geordnet hatte. Dazu gab
es Stapel von Zeitschriften in Deutsch, Englisch oder
Französisch, die alle etwas beinhalteten, das ihn interessierte.

Ich liebte seine Küche und die Unmengen an Koch-
büchern, auch viele mit ausländischen Spezialitäten.
Er probierte immer etwas Neues aus und überraschte
mich mit unzähligen Geschmackserlebnissen.

Ich liebte das übergroße Bett mit den Spiegeln rings-
um und die Art und Weise, wie er mich in alle For-
men der Liebe behutsam einführte.

Ich war süchtig nach seiner Liebe und merkte gar
nicht, wie abhängig ich von ihm wurde.

Das änderte sich erst auf der Schauspielschule, die er
versuchte, mir auszureden. Durch den Kontakt mit
den Kommilitoninnen, denen ich nichts von Paul er-

zählte, wurde mir klar, wie gefährlich diese Abhängigkeit für mich werden könnte.

Unsere Schauspiellehrerin trichterte uns unentwegt ein, dass die finanzielle Unabhängigkeit für eine Frau das Wichtigste im Leben sei. Nur darauf könne man sich verlassen. Sonst auf nichts.

Ich schämte mich für das kleine Auto und den Nerzmantel, den ich von Paul zu Weihnachten geschenkt bekommen hatte.

Immer öfter sagte er jetzt zu mir, dass ich niemals arbeiten müsse. Er wäre immer für mich da. Ich bräuchte keinen Beruf.

Das war ein Fehler. Ich wurde trotzig, und irgendwann war es dann zu Ende.

Zuvor hatte noch einer seiner Freunde auf einer Party zu mir gesagt: „Bilde Dir nur nichts ein. Du bist für Paul doch nur eine hübsche Schaufensterpuppe". Das saß wie eine Ohrfeige.

Es ergab sich, dass Paul einen großen Auftrag in Japan angeboten bekam, der ihn für einen längeren Zeitraum dort festhalten würde. Er wollte mich mitnehmen, aber ich blieb, weinte wochenlang, aber dann fesselte mich meine Theaterlaufbahn… und dann kam Holger.

Irgendwann erfuhr ich auf Umwegen, dass Paul – wie seine Eltern – mit gerade einmal 45 Jahren an Magen-Darm-Krebs verstorben war. Seine Gebäude und Schiffe überlebten ihn.

In der Kur hatte ich intensiv an ihn denken müssen, denn er wurde an der Ostsee geboren und war im Krieg mit seiner Mutter nach Süddeutschland geflohen. Seine Eltern hatten auf Usedom ein prachtvolles Hotel geführt. Davon hatte er mir einmal erzählt und von den herrlichen Villen. Da es meine erste Ostseereise war – und man früher ja gar nicht dorthin kam, während der DDR-Zeit – hatte ich mir das alles – leider im Regen – angeschaut und an die Zeit mit Paul gedacht.

Wie sagte meine Freundin Mia gestern zu mir: „Du bist ein Glückskind, Sabine."

Sie war gerade von einer Parisreise zurückgekehrt, die ihr ihr Mann zu einem runden Geburtstag geschenkt hatte. Sie erzählte mir, wie sehr sie von der Skulptur „Amor und Psyche" von Antonio Canova im Louvre beeindruckt gewesen wäre. „Irgendwie musste ich unweigerlich beim Betrachten an Dein Leben denken, liebe Sabine." „Du bist ja lieb, Mia. Aber leider bin ich nicht unsterblich", gab ich lachend zurück.

Ich liebe Mia, sie ist so klug. Man kann mit ihr über alles reden. Und sie meinte:
„Ein mögliches Fazit aus dem Mythos von Amor und Psyche besteht für mich darin, dass unsere Suche und Sehnsucht nach Liebe immer mit unserem persönli-

chen Wachstum verbunden ist. Weißt Du, die Liebe ist kein fertiger und gleichbleibender Zustand, sondern permanente Veränderung. Manchmal ist sie süß und manchmal bitter, aber immer die Würze eines spannenden Lebens".

„Du kannst es besser ausdrücken, als ich, liebe Mia. Für mich symbolisiert diese Geschichte einfach die großen Mühen, denen sich ein Mensch stellen muss, um sein Glück zu erlangen."

Aber Mia hat schon recht. Es gab sehr viele glückliche Momente in meinem Leben – neben all den unglücklichen.

Aber wie heißt es doch: „Man kann nur Glück empfinden, wenn man auch Leid erfahren hat."

„Ohne Sonne, kein Regen, ohne Berg, kein Tal."

Es braucht die Gegensätze.

Meinte das Einstein mit seinem Spruch: „Am Anfang gehören alle Gedanken der Liebe. Später gehört dann alle Liebe den Gedanken?"

Ich glaube wirklich, ich bin ein Glückskind, denn ich habe jetzt immer noch Anton. Nicht tagtäglich, aber ab und zu, und wenn ich mal einen schlechten Tag habe, kann ich ihn anrufen. Er weiß immer Rat oder bringt mich zumindest zum Lachen.

Er gibt auch meinem Tag Struktur, denn wenn ich weiß, dann und dann kommt er, überlege ich mir, was ich Schönes kochen könnte oder backen, genauso wie ich es mit anderen Freunden tue, die sich zum Besuch angemeldet haben.

Ich genieße mein Rentnerinnendasein in vollen Zügen. Ich liebe den sozialen Austausch mit vielen lieben Menschen, für die ich früher, während der Berufstätigkeit, keine Zeit hatte.

Immer und überall gibt es neue Denkanstöße. Manchmal google ich stundenlang, weil ich anders bestimmte Begriffe nicht erklärt bekomme.
Wie schade um meine teuren, Leder gebundenen Brockhaus-Enzyklopädien.
Sie stehen im Bücherschrank und nutzen mir bei modernen Worten gar nichts. Soll ich sie auch entrümpeln? Es tut mir weh.

Ich frage mich, wann Künstliche Intelligenz alles Haptische verdrängt hat. Und wozu ist dann der Tastsinn, der uns Menschen angeblich am längsten erhalten bleibt, noch nötig???

Aber zurück zu Anton. Ich bin wirklich dankbar, dass es ihn gibt. In meinem Bekanntenkreis habe ich so viele Witwen, die mir immer wieder sagen, welche

Probleme sie damit haben, alles alleine entscheiden zu müssen.

Nicht in Urlaub fahren zu können, weil sie niemanden für den Hund oder die Katze haben, die Kinder damit nicht belasten möchten, weil diese arbeiten und ausgelastet sind. Es gäbe noch so viele Beispiele.

Da mir seit einiger Zeit bewusst ist, welch ein Glückskind ich bin, möchte ich ein wenig davon abgeben. Ich lese ab und zu im Altenheim, bei mir um die Ecke, Geschichten und Gedichte – jeweils um ein Thema herum.

Die Heimbewohner freuen sich, Abwechslung zu haben. Oftmals machen ihre Augen nicht mehr mit, um selber lesen zu können. Und außerdem sind die kleinen Gespräche nach so einer Lesung für beide Seiten befruchtend.

Und ich bin einmal in der Woche nachmittags in der Schule und helfe leseschwachen Kindern. Als ich hörte, dass es in Deutschland immer noch etwa 10 Prozent Analphabeten unter den Erwerbstätigen gibt, wollte ich es nicht glauben.

Dabei hat Legasthenie absolut nichts mit mangelnder Intelligenz zu tun.

Auch das las ich bei Albert Einstein. Er litt wie Agatha Christie oder Bill Gates unter Legasthenie.

So hat ein Jeder sein Päckchen zu tragen. Aber ich werde nicht aufhören, zu schreiben. Ich muss ja nicht davon leben. Ich tue es in erster Linie für mich, da mir beim Schreiben viele Dinge plötzlich klarer werden. Und mein Arzt sagt, es sei auch sehr gesund. Ob schreibend oder malend oder sonst irgendwie kreativ etwas hervorzubringen, sei gut für die Seele (griechisch Psyche) und die ist ja bekanntlich schuld an fast all unseren körperlichen Leiden.

Also schreibe ich auf, so wie es aus mir herausspru-delt. Und der Rückblick auf meine drei Männer: Paul, Holger und Anton war jetzt echt einmal nötig.

Ich habe mal die Bedeutung der Namen gegoogelt.

Der Vorname Paul geht auf das lateinische Wort „pau-lus" zurück und bedeutet übersetzt „klein". Paul be-deutet daher „der Kleine". In Tschechien kennt man Paul unter „Pavel", in Italien unter „Paolo", in Ungarn unter „Pal", in Finnland unter „Paavo", in Spanien un-ter „Pablo" und in Dänemark unter „Poul".
Mmmh. Also Paul war überhaupt nicht klein, im Ge-genteil.

Holger ist die deutsche Form von Holmger. Es ist ein altnordischer Name und bedeutet: Der mit dem Speer, der treue Speerkämpfer, der Kämpfer von der Insel.

Herkunft: altnordische Sprache: zusammengesetzt aus holmi „Insel" und geirr „Speer".
Auch hier wüsste ich nicht, dass seine Eltern einen Bezug zu Skandinavien gehabt hätten. Einzig fällt mir ein, dass ich einmal zu ihm gesagt habe, er würde seinen Penis wie einen Speer einsetzen.

Der Vorname Anton stammt aus dem Altgriechischen. Er soll sich auf Herakles' Sohn Anteon beziehen. Als Bedeutung wird dem Namen „preiswürdig, unschätzbar, unverkäuflich" zugewiesen. In der römischen Antike war Antonius der Familienname eines berühmten Geschlechts und bedeutet „aus dem Geschlecht der Antonier stammend".

Irgendwann werde ich Anton einmal sagen, dass er unschätzbar und unverkäuflich wäre. Bin sehr gespannt, was er zu meiner Erklärung sagen wird.

Aber wieder zurück von meinen Träumereien und Erinnerungen in die Jetztzeit.

Manchmal genügt es, einen winzigen Moment unaufmerksam zu sein, und schon ist es passiert:

DER STURZ

Ich kenne die winzige Unregelmäßigkeit in meiner Küche. Zwei Fließen sind da nicht ordentlich verlegt. Eine kleine Ecke steht über. Und genau die ist mir gerade zum Verhängnis geworden.

Mit meinem Frühstücksgeschirr in der Hand, bleibe ich an der Ecke hängen, taumele, kann mich nicht mehr halten, knalle gegen den Kühlschrank, falle und bleibe wie ein Maikäfer nach Luft schnappend auf dem Rücken liegen.

Och, ich bin so wütend. Es dauert eine geraume Weile, bis ich mich aufraffen kann, mithilfe eines Stuhls mich irgendwie hochzuziehen.

„Wie ungelenk ich geworden bin", denke ich und ärgere mich noch mehr.
Ich taste mich ab. Es scheint nichts gebrochen zu sein. Das beruhigt mich. Aber gleichzeitig fällt mir ein, dass ich aus früheren Erlebnissen weiß, dass Prellungen mehr weh tun als Brüche und langwierig sind.

Ich bin zu eitel, um Anton anzurufen. Wir sind in zwei Tagen verabredet, aber „ob ich einkaufen fahren kann", schießt es mir durch den Kopf.

Ich wollte sowieso noch duschen, und das mache ich jetzt. Haarewaschen lasse ich sein. Ich merke, dass ich den rechten Arm nicht hochheben kann.

Danach koche ich mir einen Kakao. Kakao hilft eigentlich immer bei mir, gegen jedwedes Seelentief. Während ich ihn genüsslich schlürfe, fällt mir ein, wie viele meiner Freundinnen mir in der letzten Zeit berichtet haben, dass sie gestürzt sind. Stürze kommen wohl bei älteren Frauen besonders häufig vor.

„Ich habe mal wieder ganz schön Glück gehabt", denke ich. Bei den anderen waren es Oberschenkelhals- oder Schulterbrüche. Langwierig und beschwerlich. Ich nehme mir vor, meinen Hausarzt zu fragen, was man vorsichtshalber tun kann.

Die Schmerzen bei mir setzen erst am nächsten Morgen so richtig ein, und auch erste blaue Flecken sehe ich im Spiegel. Ich bedaure mich zutiefst, creme mich mit vorhandenen Salben ein und lege mich wieder hin. An Einkaufen gehen ist nicht zu denken.

Auch am nächsten Tag sind vor allem die Schmerzen im Arm schlimmer geworden. Natürlich habe ich aus Resten im Kühlschrank noch etwas Leckeres gezaubert. Aber Anton schimpft mich, dass ich ihn nicht angerufen und um Hilfe gebeten habe.

Er verarztet mich liebevoll und statt eines Spazierganges machen wir es uns zu Hause bequem. Es gibt kein Thema, über das ich nicht mit ihm reden kann, und das Schönste ist, dass er nichts vergisst. Wenn ihn ein Thema interessiert, recherchiert er später bei sich zu Hause so lange, bis er fundierte Analysen in irgendwelchen Fachzeitschriften gefunden hat. Das beeindruckt mich sehr.

Ich musste gerade an eine gute Freundin denken, die mir neulich anvertraute, dass ihr Mann kaum noch mit ihr kommuniziere. Sie leidet ganz schrecklich darunter und platzte plötzlich heraus: „Ein Samenerguss am Abend macht das Schweigen tagsüber auch nicht wett!" Die Arme. Das kann ich nur zu gut verstehen.

Es geht mir besser, und Anton und ich können endlich den Spaziergang durch die blühenden Rapsfelder unternehmen. Ich liebe den Duft, bin wie berauscht. Außerdem muss ich immerzu an die erwähnte Honigbiene denken und das schöne Kompliment, das mir Anton vor einiger Zeit gemacht hat.

Seinem Schmunzeln nach zu urteilen, kann er meine Gedanken lesen und dann laufen wir rasch zum Wagen, fahren nach Hause und tun es. „Ja, liebe Mia, ich bin ein Glückskind. Du hast recht."

Insofern muss ich den klugen Herrn Einstein doch ein klein wenig korrigieren. Es stimmt zwar, dass später viel Liebe den Gedanken gehört, aber doch nicht alle.

Wenn man das Glück hat, auch im Alter noch eine Liebe mit einem lieben Menschen teilen zu können, dann gehören doch die tagtäglichen Gedanken ihr.

An Tagen, wenn es mir aus irgendwelchen Gründen einmal hundeelend geht, frage ich mich: „Was mache ich, wenn Anton vor mir stirbt? Das wäre schrecklich!"

Ich erinnere mich, wie ein Junge in der Schule mich einmal fragte. „Wenn es hier auf der Erde niemals überall Frieden gibt, sind dann wenigstens alle Menschen im Himmel Freunde?"

Und ich antwortete: „Ja, im Himmel sind alle Menschen Freunde. Da gibt es keine bösen Worte oder Anfeindungen. Deshalb müssen wir uns auch nicht vor dem Tod fürchten."

Aber da man im Alter ja hautnah miterlebt, wie viele geliebte Menschen um einen herum wegsterben, beschäftigt man sich automatisch häufig mit dem Thema Tod.

Ich habe alles was möglich ist, notariell festlegen lassen. Also, ob ich lebensverlängernde Maßnahmen möchte, ob meine Organe gespendet werden dürfen, und wie ich beerdigt werden will.

Das war mir wichtig und ist für mich beruhigend.

Aber ich weiß, dass Viele davor zurückschrecken. Es ist immer noch ein Tabuthema.

Also ganz schnell zurück zu etwas Erfreulichem.

Anton ist an diesem Wochenende mit Freunden auf dem Hockenheimring. Es ist eine gewonnene Wette. Sie werden dort einen Erlebnistag verbringen und selbst einmal hinter dem Steuer eines Porsche sitzen und mit 300 km/h eine Runde drehen.

Ich habe Anton zugeredet, das mitzumachen. Er ist ein sehr defensiv fahrender Mensch und bremst mich gerne aus, wenn ich mal wieder überholen will. Er berechnet mir dann in Windeseile, wie viele wenige Minuten ich gewinne, wenn ich beschleunige und wieviel Benzin ich vergeude.

Er hat ja recht. Ich fahre inzwischen auch schon viel rationeller, nachdem die Spritpreise so gestiegen sind. Aber mal richtig Gas geben, macht doch einfach Spaß.

Ich habe alte Bekannte zu Besuch, die ich ewig nicht gesehen habe. Da kommen Themen auf den Tisch, die Anton eher langweilen würden.
Ich freue mich, über Jeden, der mich besucht. Es ist so interessant, wie andere Menschen, Dinge, die man gemeinsam erlebt hat, in Erinnerung behalten haben.

Gleichzeitig ist es irgendwie traurig, dass man nicht mit allen Menschen, denen man einmal im Leben begegnet ist, für immer in Kontakt bleiben kann. Es verschwinden so viele einfach von der Bildfläche, ohne dass man sich verärgert oder gestritten hätte. Die Lebensumstände, Umzüge, Veränderungen sind schuld.

Ich hatte jedenfalls einen schönen Tag mit den alten Freunden und Anton mit seinen Freunden.
Man muss nicht alles gemeinsam machen. Es ist viel schöner, sich hinterher gegenseitig von seinen Erlebnissen zu erzählen.

Mein lädierter Arm ist inzwischen bräunlich-gelb und tut immer noch weh. Draußen regnet es Bindfäden. Ich müsste putzen, habe dazu aber keine Lust.

Zu meinem letzten Umzug hat mir eine Freundin ein Emaille-Schildchen geschenkt. Auf dem steht: „Eigentlich hatte ich heute viel vor. Jetzt habe ich morgen viel vor!"

Es hilft mir in Momenten wie diesem, und deshalb sortiere ich weiter die entrümpelten Schränke und Schubladen und hänge weiter meinen Gedanken nach, als mich ans Putzen zu begeben.

Was vergisst man alles, im Laufe der Zeit, denke ich.
Und ein kleines Gedicht fällt mir dazu ein:

IM LAUFE DER ZEIT

Im Laufe der Zeit,
war ich nicht mehr bereit,
mich mit wenig zufrieden zu geben.

Ich wollte jetzt alles,
ich wollte mehr
und scherte mich nicht um Konsequenzen.

Im Laufe der Zeit,
wächst die Unzufriedenheit,
und man möchte nach Höherem streben.

Jetzt wollte ich alles,
jetzt wollte ich mehr
und war nur noch schwer zu bremsen.

Aber irgendwann, im Laufe der Zeit,
ist man schließlich bereit,
mit sich selbst im Einklang zu leben.

SPÄTE EINSICHT

Wie viele Jahre müssen vergehen, bevor man endlich ruhiger, gelassener, toleranter, nachdenklicher, bescheidener und verständnisvoller wird und sich selbst mehr verzeiht und liebt, ohne arrogant zu werden.

Wie oft höre ich aus dem Bekanntenkreis, dass man nicht versteht, wie oft man sich noch „auf die Palme bringen lässt" wegen nichts und wieder nichts und dann ausrastet, obwohl man genau weiß, dass man nicht nur dem Anderen, sondern auch sich selbst schadet.

Da hilft ein wenig der Austausch mit Gleichaltrigen.

Und überhaupt muss ich immer öfter an die Therapeutin in der Kur denken, die sagte: „Der soziale Austausch wird im Alter immer wichtiger. Auch, um einer Demenz vorzubeugen. Der größte Feind im Alter ist die Vereinsamung. Freunde sterben, die Kinder sind weit entfernt, wer da nicht rechtzeitig initiativ wird, bleibt auf der Strecke".

Nein, ich möchte nicht „auf der Strecke bleiben". Ich lade nicht mehr 12 Leute zum Essen ein. Das schaffe ich nicht mehr. Da gehe ich lieber in ein Restaurant,

oder ich mache Dinge im kleinen Rahmen.
Außerdem halbieren sich die Teilnehmer, wenn man zum Beispiel nur die Frauen einlädt. An einem Tag, wo es im Fernsehen ein Länderspiel oder ähnliches gibt, sind die Herren der Schöpfung sowieso not amused, von ihrem Lieblingssessel aufstehen zu müssen.

Man muss nicht drum herumreden: „Das Alter ist Schei... Aber es nutzt ja nichts."
Früh sterben ist auch keine Lösung, also bleibt nur, sich der Situation zu stellen. Und das Schöne ist ja, dass wir immer mehr werden. Wir werden immer älter. Und nach uns wurden nie mehr so viele Babys geboren. An uns, als konsumierende Gesellschaft, kommt kein Geschäft vorbei.

Das merkt man besonders in der Werbung. Waren bis vor ein paar Jahren nur hübsche junge Menschen in Werbespots zu sehen, überwiegen jetzt fast die Graumelierten mit den Ginkgo-Tabletten oder Vitaminzusätzen gegen Verschleißerkrankungen.
Und auch im Film werden andere Töne angeschlagen. Ganz zu schweigen von den teuren Kreuzfahrten oder Pauschalreisen für Senioren.

Ich glaube, wir sollten uns unserer „Macht" bewusster werden und nicht wie unsere Eltern oder Großeltern Nörgler oder Besserwisser, sondern selbstbestimmte

Genießer – sofern es irgendwie geht – werden.
Es gibt einen guten Spruch (ich weiß nicht von wem):
„Die Tragödie des Lebens ist nicht, dass es zu früh endet, sondern dass wir zu spät anfangen, es zu genießen".

Auch mit wenig Geld kann man sich Luxus im Alter gönnen. Viele Ausgaben, die man in früheren Jahren hatte, fallen weg. Man braucht keine neuen Möbel und Klamotten mehr. Wie ich schon schrieb, Minimalismus ist befreiend.

Weniger Flächen zum Putzen, weniger Gedanken „was ziehe ich an", weniger Ausgaben fürs Haare färben und Schminken, weniger große Fleischportionen, kleinere Autos (wenn überhaupt).

Aber vieles scheitert, glaube ich, an unserer allgemeinen Ungeduld. Wie schrieb schon Hermann Hesse:

„Geduld ist das Schwerste und das Einzige, was zu lernen sich lohnt. Alle Natur, alles Wachstum, aller Friede, alles Gedeihen und Schöne in der Welt beruht auf Geduld, braucht Zeit, braucht Stille, braucht Vertrauen."

Außerdem muss man lernen, Hilfe anzunehmen. Die meisten jungen Leute sind viel höflicher, als man gemeinhin sagt. Ja, loben wir sie für ihre guten Manieren und lassen uns bereitwillig helfen. Manchmal entstehen daraus sogar Freundschaften:

LUKAS

Nach einer gefühlten Ewigkeit, fuhr ich mal wieder
Eisenbahn. Der Veranstalter hatte extra darauf hinge-
wiesen, dass es keine Parkplätze in der Nähe des Ver-
anstaltungsortes gäbe und man lieber auf öffentliche
Verkehrsmittel ausweichen sollte.
Da ich schlecht zu Fuß bin, dachte ich, Zug und dann
Taxi ist das Vernünftigste.

Aber schon das Gedränge in der Bahnhofshalle über-
forderte mich etwas. Ich war stolz, die Fahrkarte samt
Sitzplatzreservierung online ausgedruckt zu haben
und mich nicht in die lange Reihe am Fahrkarten-
schalter anstellen zu müssen. Ich begab mich direkt
zum Bahnsteig.
Der Zug stand schon. Etwas verloren versuchte ich,
meinen Wagon ausfindig zu machen.

Ein junger Zugbegleiter schien mich beobachtet zu
haben, denn er fragte: „Welchen Sitzplatz haben Sie?"
Und noch während ich ihm antwortete, hatte er meinen kleinen Rollkoffer geschnappt und mir geholfen,
die Stufen in den Zug zu bewältigen.
Dann bahnte er mir den Weg zu meinem Sitzplatz,
hob meinen Koffer in das Gepäcknetz über mir und
wünschte mir eine gute Fahrt.

Jetzt saß ich erstmal und konnte mich entspannen. Als er einige Zeit später durch den Gang lief und nach den Tickets fragte, wurde ich erneut nervös.

„Wo ist das verdammte Ticket?" sagte ich immer wieder leise vor mich hin.

Ich suchte in meiner Handtasche und im Portemonnaie immer wieder, aber vergeblich. Das Gesicht des jungen Mannes drückte Mitgefühl aus. „Suchen Sie ganz in Ruhe, ich komme später nochmal vorbei." Aber es half nichts. Die Fahrkarte war verschwunden, und er musste schließlich doch seine Pflicht tun. Was hätten sonst die anderen Fahrgäste gedacht?

Umständlich verlangte er die 60 Euro Strafe und das Geld für einen neuen einfachen Fahrschein.

Ich zahlte wortlos. Der junge Mann wiederholte mehrfach, wie leid es ihm täte.

Zum Glück war die Veranstaltung so interessant und kurzweilig, dass ich mein Missgeschick schnell verdrängt hatte.

Als ich am Ende all meine Unterlagen zusammenpackte und meine Jacke anzog, griff ich unwillkürlich in meine Jackentasche und hatte meinen Fahrschein in der Hand.

„Werde ich jetzt dement? Das gibt's doch nicht."

„Was ist passiert?" fragte mich die Dame, die neben

mir gesessen hatte.

„Ich Idiot habe auf der Herfahrt meine Fahrkarte vergeblich im Portemonnaie gesucht und nicht daran gedacht, dass ich sie einfach in die Jackentasche gesteckt hatte."

„Ach trösten Sie sich. Solche Sachen passieren mir ständig. Dann ist man irgendwie nervös und schon spielt einem das Gehirn Streiche. Ärgern Sie sich nicht. Das ist ungesund. Eine gute Heimfahrt."

„Für Sie auch", kam noch über meine Lippen, dann nahm ich Rollköfferchen und Handtasche und ging zum Ausgang.

Ich traute meinen Augen nicht. Als der Zug hielt, sich die Türen öffneten und ich einsteigen wollte, lächelte mich der junge Zugbegleiter von der Hinfahrt an, nahm mir das Köfferchen ab, half mir in den Zug und brachte mich zu meinem Platz.

Ganz aufgeregt plapperte ich sofort drauflos: „Stellen Sie sich vor, die Fahrkarte war in meiner Jackentasche."

„Ich habe mir schon gedacht, dass Sie sie entweder zu Hause liegen gelassen haben oder einfach nicht richtig gesucht haben."

„Und jetzt?" fragte ich.

„Leider darf ich Ihnen die 60 Euro nicht erstatten,

aber den Preis für die Einfachfahrt.

Ermattet schlief ich ein und schlief die gesamte Fahrt. Hätte mich der junge Mann nicht am Endbahnhof geweckt, hätte ich womöglich weiter geschlafen bis die Putzkolonne gekommen wäre.

„Ich habe Schluss für heute. Kann ich Ihnen noch irgendwie helfen?"
Noch völlig verschlafen sagte ich, dass ich nur noch in mein Bett wolle.

„Wo wohnen Sie denn?"
„Berger Straße 12", raunte ich.
„Warten Sie hier. Ich hole nur mein Auto aus der Tiefgarage und fahre Sie heim."

Ohne nachzudenken, blieb ich stehen, bis ein paar Minuten später ein kurzes Hupen mich aufschreckte. „Ich wohne ein paar Häuser weiter. Ist gar kein Umweg", sagte er, als ich einstieg.

„Das ist wohl Schicksal, dass Sie mir heute begegnet sind", sagte ich jetzt wesentlich wacher. Und dann unterhielten wir uns über alles Mögliche, als ob wir uns schon ewig kennen würden.

„Was bin ich Ihnen schuldig", wollte ich – am Ziel angekommen – wissen.

„Ich bitte Sie, hab' ich doch gerne gemacht. Übrigens, mein Name ist Lukas, und Sie erinnern mich total an meine Oma, die leider letztes Jahr gestorben ist."

„Ich heiße Sabine und wohne hier im Erdgeschoss. Magst Du morgen zum Essen kommen? Ich koche was Schönes." „Morgen geht leider nicht. Da habe ich wieder die lange Strecke hin und zurück. Aber am Montag könnte ich."
„Fein, dann bis Montag um 13 Uhr. Ich freu' mich. Isst Du Fleisch?" „Ich esse alles", sagt er lachend. „Bis Montag."

Ein- oder zweimal im Monat sehen wir uns. Ich koche oder backe dann etwas. Es macht mir Spaß, nicht alleine essen zu müssen. Anton ist ja nicht immer da.

Lukas ist sehr tüchtig. Als Zugbegleiter hat er Schichtdienst. Das ist sehr anstrengend. Aber er liebt das Reisen über alles. Er überlegt noch eine Ausbildung zum Lokführer dran zu setzen.

Mich interessieren die Ansichten der jungen Leute, und er findet es cool, dass ich in der Schule helfe und manchmal im Altenheim lese.
Mich ärgert, dass viele ältere Menschen, die heutige Jugend pauschal als faul beschreiben. Ich denke, es

gab immer solche und solche.

Anton gibt mir darin recht. Er meint, es läge an den Eltern. Man müsse seinen Kindern Werte vermitteln. Und dann wird er wieder traurig, dass er seine Kinder in Deutschland nicht hat aufwachsen sehen. Seine Exfrau hat es verhindert. Trotzdem lieben ihn seine Töchter und möchten, dass er in ihre Nähe zieht.

„Bleibt er wegen mir?" frage ich mich.
Ich möchte, dass er glücklich ist.
Doch irgendwie gehört seine Melancholie zu ihm, und ich liebe sie.
Noch nie habe ich mich bei einem Mann so geborgen gefühlt. Und, als könnte er mal wieder meine Gedanken lesen, sagt Anton: „Mein Rapsfeld" und drückt mich an sich.

Das leuchtende Gelb des Rapsfeldes. Nie war es mir wichtiger als in diesem Jahr. Wie ein Versprechen lenkt es meine Blicke bis zum Horizont. Der Winter war viel zu lang und zu grau, die ganze Welt ist nicht mehr bunt, sondern traurig. Dieses Gelb gibt neue Hoffnung. Hoffnung auf Frieden und den baldigen Sommer mit vielen Blumen und Bienen. Zum Glück verzichten immer mehr Bauern auf ein Stück Ertrags-land und lassen einen Streifen am Feldrand frei für Wildblumen. Wie schön.

EPILOG

„Ein Mensch von sanftem Charakter
macht sich selbst und andere glücklich."
(Unbekannt)

Ingrid Metz-Neun
Brav kann ich auch, bringt aber nix
Roman
ISBN: 978-3-945923-20-7
168 Seiten, 10,00 €

Pressestimmen zu
Brav kann ich auch, bringt aber nix:

Über Jahrzehnte beschwor Ingrid Metz-Neun allein mit dem Klang ihrer Stimme erotische Phantasien herauf. Jetzt füttert die 68-Jährige die Bilder im Kopf ihrer Leser. Der freizügige Roman BRAV KANN ICH AUCH, BRINGT ABER NIX, ein Plädoyer für ein Leben in Unabhängigkeit und für ein Beziehungsmodell, das nicht damit endet, dass Paare in Rente gehen und sich nichts mehr zu erzählen haben, sondern weiter ihre Liebe leben, kommt gut an.
Frankfurter Neue Presse

Ingrid Metz-Neun blickt auf ein bewegtes Leben zurück. Jetzt hat die gelernte Schauspielerin und Synchronsprecherin ihren ersten Roman veröffentlicht. Das Buch BRAV KANN ICH AUCH, BRINGT ABER NIX ist eine Mischung aus Fantasie und Erlebtem.
Dithmarsche Landeszeitung

Gartenarbeit, Strandspaziergänge und das Schreiben an der Nordsee – für all das hat Ingrid Metz-Neun endlich Zeit. „In meinem Kopf ist so viel, was raus will – so schnell kann ich gar nicht schreiben", sagt sie. Gerade ist ihr erster Roman erschienen – und ein Hauch Autobiografie steckt in BRAV KANN ICH AUCH, BRINGT ABER NIX.
Straßenbahn Magazin

Ingrid Metz-Neun
Wenn der Verstand Pause macht, höre auf dein Herz
Lebens- und Liebesgeschichten
ISBN: 978-3-748167-19-8
171 Seiten, 10,00 €

Leserstimmen zu
Wenn der Verstand Pause macht, höre auf dein Herz:

Drei Geschichten, drei Frauen, die sich zwischen Herz und Verstand entscheiden müssen und im Alter zurück auf ihr Leben und auf ihre Entscheidungen blicken. Drei Geschichten, voll aus dem Leben gegriffen.
Die Autorin Ingrid Metz-Neun erzählt bildhaft und glaubwürdig, so dass man sich in die Protagonisten sehr gut hineinversetzen kann. Und manchmal den Vergleich mit dem eigenen Leben und den eigenen Entscheidungen zieht. Der Schreibstil ist flüssig und lässt sich sehr gut lesen. Die einzelnen Kapitel sind angenehm kurz. Sehr gerne habe ich dieses Buch gelesen.
Mein Fazit: Ein sehr unterhaltsames Buch, das auch zum Nachdenken anregt. Ich gebe 5 ***** Sterne und eine ganz klare Leseempfehlung.

Ingrid Metz-Neun schenkt uns ein herrliches Büchlein! Schon das Cover ist so schön, dass man das Buch sofort in die Hand nehmen muss.

Sie nimmt uns mit zu drei Frauen, die ihre Geschichte erzählen, und wie sie sich entschieden haben. Das Büchlein ist super gut geschrieben, ich habe die drei Geschichten an einem Nachmittag verschlungen und hätte gerne noch weitere gelesen! Ein Buch, das man gerne seiner Freundin schenkt!

Ingrid Metz-Neun
Schreiben ist wie leben – nur schöner
Roman
ISBN: 978-3-749429-95-0
164 Seiten, 10,00 €

Leserstimmen zu
Schreiben ist wie leben – nur schöner

Beim Lesen dieses schönen Buches wird einem schnell bewusst, dass jeder Einzelne von uns vergänglich ist. Was bleibt von uns? Vielleicht sollten wir alle, für uns wichtige Momente und Erinnerungen zu Papier bringen, um unseren Liebsten Trost zu spenden.

Wem es vielleicht nicht bewusst ist, oder wer es durch Beruf und Hektik vergessen hat, wird an die kleinen wichtigen Dinge im Leben erinnert.

Diese Gedichte und Geschichten lassen einen Blick auf die Seele der Mutter zu, mit Zweifeln, Stärken und Sehnsüchten ... Wer war meine Mutter wirklich? Diese Frage stellt sich Patrick, als er diese Sammlung findet ... und voller Spannung und Neugier liest. Diese Frage mag sich so mancher stellen, wenn die Eltern verstorben sind, nur haben viele nicht das Glück, Erinnerungen in schriftlicher Form und dadurch Antworten zu finden ...

Ingrid Metz-Neun
... wie Wunsch und Wirklichkeit –
die Reise des Lebens
ISBN: 978-3-750418-66-0
151 Seiten, 10,00 €

Die Sonne schien, die Vögel zwitscherten und die ersten Rosen waren im Vorgarten der Therapeutin aufgeblüht. Immer, wenn sie aus diesem Haus trat, fühlte sie sich leicht und unbeschwert, aber dieses Gefühl hielt leider nie lange an.

**Leserstimmen zu
... wie Wunsch und Wirklichkeit –
die Reise des Lebens:**

Liebe Frau Metz-Neun. Ich kann in all ihren Büchern Gemeinsamkeiten mit meinem Leben und meinen Gefühlen entdecken. Wenn ich traurig bin, schau ich immer wieder gerne hinein.

Gerade dieses Buch hilft mir so über den Tag. Mein Mann ist dement und ich weiß, was es heißt, einen solchen Alltag zu bewerkstelligen. Es ist schwer, wenn die Stimmungsschwankungen in immer kürzeren Abständen kommen. Schade, dass das Buch so kurz ist. Ich hätte gern noch weiter gelesen.

Ich habe selbst viele Sprünge in meinem Leben gemacht. Dieses Buch gibt so viel Hoffnung, dass man eines Tages glücklich werden kann.

Ingrid Metz-Neun
Ich weiß jetzt, was ich will
Roman
ISBN: 978-3-752690-15-6
124 Seiten, 10,00 €

**Leserstimmen zu
Ich weiß jetzt, was ich will:**

Dieses kleine Büchlein ist ein echtes Schmankerl für zwischendurch. Ich mag es, dass man es in kürzester Zeit gelesen haben kann. Quasi ein kleines Stück Zerstreuung an hektischen Tagen.

Großartig finde ich, dass hier mal eine Frau über 60 die Hauptrolle spielt und dass auch ihr ein Liebesleben zugestanden wird und sich nicht alles nur um ein Leben als Großmutter dreht. Langweilig wird es auch nicht, man fiebert als Leser:in nahezu mit, wie es der Protagonistin wohl ergehen mag und hofft, dass sie die Geschichte überlebt. Dieses Buch macht mir Hoffnung, dass es mir im Alter ähnlich aufregend, und gar nicht langweilig ergehen wird.

Aus der Ich-Perspektive berichtet Gisela humorvoll und voller Selbstironie von all ihren Gefühlen, Sorgen und Wünschen. Von den Alltagsproblemen einer verheirateten Rentnerin bis hin zu kleineren und größeren Fehltritten – nichts lässt sie in ihrer Erzählung aus. Durch diese gnadenlose Ehrlichkeit ist das Schmunzeln beim Lesen vorprogrammiert!

Die Geschichte umfasst knapp 100 Seiten und ist damit eine kleine und kurzweilige Lektüre. Besonders gefallen mir die Rezeptvorschläge im Anhang. Sie sind eine tolle Ergänzung, da Gisela häufig von ihren Back- und Kochkünsten schwärmt und damit Lust aufs Essen macht.

Mir gefällt die Geschichte mit dem leichten, lebendigen Schreibstil. Für mich ist sie eine, die man einfach mal so zwischendurch lesen kann – davon gibt es gar nicht so viele. Gefreut habe ich mich über den Anhang, in dem die Autorin ihre Freude am Kochen zeigt und auch einige ihrer Rezepte verrät.

Ingrid Metz-Neun
Alleine ist man nicht so einsam
Roman
ISBN: 978-3-753458-06-9
142 Seiten, 10,00 €

**Leserstimmen zu
Alleine ist man nicht so einsam:**

Ingrid Metz-Neun nimmt einen mit auf die Reise des positiv denkens.

Das Buch ist locker leicht zu lesen und zeigt einem, wie man mit positivem Denken aus dem Tief wieder heraus kommt.

Besonders die tollen Sprüche, welche aller paar Seiten auftauchen, regen zum Nachdenken an. Das hat mir gut gefallen.

So kann man das Buch immer mal wieder aufschlagen und einen positiven Spruch auf sich wirken lassen.

Mia ist am Tiefpunkt und bekommt von ihrer Therapeutin den Tipp, ein Dankbarkeitstagebuch zu führen. Es kommt ihr absurd vor. Aber fortan begleitet es sie durch ihr Leben.

Ein schönes Buch, es hat mir gut getan es zu lesen.

P.S.: Ein schönes Cover, das für mich Leichtigkeit und Ruhe ausstrahlt. Wenn man dann das Buch gelesen hat, bekommt es noch einen direkten Bezug.

Ingrid Metz-Neun
Veränderung
Roman
ISBN: 978-3-741227-49-3
128 Seiten, 10,00 €

Leserstimmen zu Veränderung:

Es hat großen Spaß gemacht, das Buch zu lesen. Man versetzt sich wieder sofort in die Person herein. Ich liebe es, wie alle anderen Bücher auch. Am schönsten ist dann der Bogen am Schluss – man kann so viel daraus lernen.

Christian aus D.

Was für ein schönes Buch!! Ich habe gelernt, was ein Pleonasmus ist und dass Du im Gänsefingerdorf gewohnt hast. Nun wünsche ich von Herzen, dass Du endlich angekommen bist, aber so genau weiß man das bei Dir ja nicht, haha.

Aletta aus A.